AUX JEUNES

COMMENT ON LUTTE

QUELQUES PAGES DE LA VIE LITTÉRAIRE

DE

AUGUSTE VACQUERIE

PAR

MARIO PROTH

PARIS
CHEZ MARPON, LIBRAIRE-ÉDITEUR,
GALERIE DE L'ODÉON, 4, 5, 6 et 7.

1861

AUX JEUNES

COMMENT ON LUTTE

QUELQUES PAGES DE LA VIE LITTÉRAIRE

DE

AUGUSTE VACQUERIE

PAR

MARIO PROTH

PARIS
CHEZ MARPON, LIBRAIRE-ÉDITEUR,
GALERIE DE L'ODÉON, 4, 5, 6 et 7.

1861

PARIS. — Imprimerie SERRIERE et Cᵉ, 123, rue Montmartre.

COMMENT ON LUTTE

I

Paris est une grande ville, c'est vrai.

Paris a de grands boulevards, démesurément larges, désespérément hauts, infiniment droits, de grandes rues, de grands entrepôts, de grands cafés, de vastes bazars, de superbes lorettes, de parfaits gandins, des casernes splendides, une bibliothèque passable, presque un musée, d'interminables féeries, d'incroyables trucs, de grands journaux, de petits écrivains gentils, d'adorables petits chiens, d'illustres faiseurs. Paris possède la colonne Vendôme, le docteur Véron, le crayon de Mengin et la plume de Dennery.

Et pourtant, chose singulière ! cela ne nous émeut point, et nous laisse du vague à l'âme. Nous nous ennuyons.

Notre époque est une grande époque, toute bruyante de réclames et sillonnée de Macaires. Nous avons inventé la machine à coudre, Léotard, Rigolboche, les magasins du Louvre et les pieds de mouton à la sauce Panurge. Tout cela grince, cancane, barbotte et bat la caisse. Nous avons poursuivi Jud et failli prendre l'Empereur de la Chine. Biéville rédige au *Siècle* et Sarcey à l'*Opinion*. Soit ! mais, chose étrange ! ces merveilles nous laissent insensibles. Nous nous ennuyons. Il nous manque quelque chose.

Il nous manque de l'air, nous étouffons ; du mouvement, nous nous pétrifions. Il nous manque la passion, l'enthousiasme, la jeunesse, l'art, de beaux exemples à suivre, des chefs-d'œuvre à applaudir. Il nous manque l'avenir, nous désespérons ; la vie, nous nous éteignons.

II

Et pourtant, il y a un mois à peine, sur cet horizon morne, un éclair avait lui. L'avenir se déridait, petit à petit l'espérance nous rentrait au cœur. Des enthousiastes s'étaient levés. On distinguait dans le lointain un petit bataillon de jeunesse qui se hâtait lentement.

C'est qu'à ce moment-là, voyez-vous, durant la sainte semaine où l'humanité pleure trois longs jours ses péchés de soixante siècles, une grâce divine avait touché l'âme de M. Marc-Fournier, le directeur de la Porte-Saint-Martin. Il avait d'un geste héroïque jeté aux chiens de la rue de Bondy son *Pied-de-Mouton* à ronger. Il avait à son banquet pascal convié l'art exilé. Sur la large scène de Hugo, de Soulié, de Balzac, de Sue, un chef-d'œuvre s'était dressé, les *Funérailles de l'Honneur*, le grand, le simple, le profond, le saisissant drame de Vacquerie. Le samedi saint, Renaissance partout. *Tertiâ die resurrexit, alleluia!* Nous battions des mains, *alleluia!* Nous tressions une couronne de verts lauriers pour le tout-puissant directeur. Les fervents de l'art, les trois grosses voix du lundi, et avec elles quelques critiques honnêtes, s'apprêtaient à entonner l'hosannah qui lance les foules; le Paris vraiment intelligent et sérieusement illustre (1), et non le tout-Paris idiot et désœuvré des premières représentations ordinaires, avait défilé déjà devant la grande œuvre, le titi commençait à comprendre, les masses bourgeoises s'ébranlaient, *alleluia!* Quand tout d'un coup il se passa une de ces choses qui ne se passent que dans les féeries: le lutin, le génie qui prend pour ses escapades la forme du *Pied-de-Mouton*, escamota prestement

(1) Nous avons vu, aux représentations des *Funérailles*, de sérieux travailleurs qui n'honorent jamais de leur présence les rapsodies modernes: Delacroix, le grand peintre; Barral, le savant illustre, etc.

es *Funérailles de l'Honneur.* Il y a vingt jours à peine, la pièce disparut de l'affiche avant le compte-rendu des journaux. Ce fut un assassinat étrange, nocturne, mystérieux, comme celui du *Pont-Rouge*... une strangulation insensée.

Directeur, tu nous l'avais donnée, tu nous l'as reprise... mais ta sainte volonté ne sera point faite, car tu n'as pas l'éternité de Dieu et, quand même, nous aurions encore moins la patience de Job !

III

« On signalait, disions-nous tout-à-l'heure, un petit bataillon de jeunesse qui se hâtait lentement. » Bien petit, en effet, est le bataillon et bien lente est sa hâte. C'est à se demander, en vérité, s'il est encore une jeunesse, une vraie jeunesse, sentant, pensant, étudiant, s'émouvant, remplissant en un mot toutes les fonctions que, de date immémoriale, lui assigna dans la société la nature, ou simplement des êtres n'ayant encore passé sur terre que de vingt à trente fois trois cent soixante-cinq jours, assoupis entre la chope et la fille, mornes, plats, hébétés, sans ferveur ni haine, sans curiosité pour le bien ni contre le mal, crétins déjà tombés en vieillesse, moins pitoyables que les vieillards retombés en enfance. Ils sont si indifférents et si moutonniers. « Nous attendons pour aller à cette pièce, nous disaient de bons petits jeunes gens, nous attendons les comptes-rendus des journaux. » Le mauvais génie, le thug de la rue de Bondy, les a-t-il attendus, lui ?

Ah ! la jeunesse d'il y a trente ans, de cette époque si ardente et si féconde qui sera l'éternel désespoir des impuissants et des mauvais plaisants, cette jeunesse-là n'était point ainsi. Elle flairait le vent, elle sentait l'avenir, elle mettait pipe au clou et fille à la porte, elle accourait, elle applaudissait, trépignait, protestait, et puis revenait le lendemain applaudir, trépigner, protester encore. Elle n'attendait point, celle-là, pour le suivre, comme certain panache royal, « le gilet blanc du critique influent. »

IV

Et cependant, nous ne le saurions trop répéter, les moments sont comptés. Les faiseurs nous excèdent, les féeries nous assomment. Il faut que la littérature rentre au théâtre et dans le livre. Nous ne permettrons à aucun prix que l'art, un instant délivré, retourne piteusement en exil.

« Il est, écrivions-nous dernièrement aux rédacteurs de la *Jeune France* (1), il est des heures décisives dans la vie d'une génération. Sur un livre, sur une pièce, sur un événement littéraire, son avenir se joue. Cette heure, il faut la saisir au vol. Il faut que ceux qui dormaient se réveillent, que ceux qui étaient assis, tristes et songeurs, se lèvent et marchent audacieux. Le temps n'a point de pitié, et demain fut, à toute époque, un mauvais jour pour les affaires sérieuses. L'heure a sonné pour la génération nouvelle. Un homme, un lutteur, s'il en fut, que séduit la résistance et que la tempête attire, a jeté l'appel et déblayé la voie. Avez-vous entendu, messieurs de la jeunesse ? Vacquerie dédie sa pièce *aux jeunes*. Que tardez-vous donc ? ne vivez-vous, depuis la deux-cent-unième du *Pied-de-Mouton*, que dans l'anxieux désir de la neuf-centième des *Pilules du Diable* ? »

Or, maintenant, les jeunes doivent être satisfaits. La presse, qu'ils attendaient, a parlé. Les trois critiques ont salué et protesté, comme c'était notre espérance, et comme c'était leur devoir. Presque tous ont admiré. Ceux qui, parmi les rares hostiles, ont tenu à faire preuve d'intelligence et de bonne foi, n'ont point dédaigné de comparer l'auteur à Caldéron, à Shakespeare, à Hugo. Quant aux autres ne sont-ils pas les premiers à ne se pas prendre au sérieux ? La sympathie est générale, la réprobation est uni-

(1) Numéro du 14 avril 1861.

verselle. Le procès est instruit. l'opinion publique est saisie. Voici qu'en dépit des étouffeurs, les *Funérailles* sont à l'ordre du jour et Vacquerie est le lion du moment.

Donc, assez de plumes habiles profiteront de l'actualité pour biographier le glorieux vaincu. Ses ennemis, ses amis, ses rivaux, ses interprètes, sa maîtresse et son portier seront questionnés. Tout Paris saura bientôt l'heure où il se lève, s'il est grand comme le géant du café Mulhouse, ou s'il est petit comme le petit Thiers, la façon dont il marche ou s'assied, dont il aime ou déteste, comme il porte son nez et sa barbe, avec quel accent il s'écrie : *Deus! ecce Deus!* s'il s'arrache les cheveux quand vient l'inspiration, s'il fume ou s'il boit, ce qu'il fume et ce qu'il boit en écrivant, et que sais-je encore? Il y aura grêle d'entrefilets, il y aura pluie d'anecdotes. La caricature le caricaturisera, la photographie le photographiera. Rien de plus juste, mais il ne nous en soucie.

Nous voulons simplement, à cette heure d'indifférence où semble perdu le secret du labeur incessant, des efforts énergiques et de la voie impitoyablement suivie, nous voulons simplement, en détachant quelques pages de la vie littéraire de ce lutteur obstiné, rappeler à la jeunesse indécise ou stupéfiée *Comment on lutte*.

V

Auguste Vacquerie n'est plus ce qu'on nomme vulgairement un jeune homme. Il est, il sera jusqu'à son dernier jour un homme jeune. Il n'a plus vingt ans, il n'en aura jamais soixante.

Il n'est point fauve, bizarre, farouche, truculent, hérissé. Il n'a point l'aspect d'un ogre ou d'un Scudéry. Le terrible mangeur de tragédies est naturel comme un homme d'esprit. Il est doux comme la vraie force.

Auguste Vacquerie naquit, d'un père normand et d'une mère bretonne, à Villequier (Seine-Inférieure), sur les bords de la Seine, entre Rouen et le Hâvre. Villequier, « une des plus ravissantes rencontres de ces trois choses qui font les paysages complets, les bois, le ciel et l'eau, » est un petit port de pilotes adossé à une colline très boisée. Le père de Vacquerie, capitaine de navire et armateur au Hâvre, possédait à Villequier une charmante maison que connaît aujourd'hui plus d'un écrivain parisien. Là, dans un jardin dont les cerisiers sont fréquemment couverts par les vagues des grandes marées, s'écoula l'enfance du poète. Là, entre ces deux orages perpétuels : la mer et la vie d'un marin, il habitua sa jeune âme au courage et son oreille au fracas des grandes luttes. Il a pieusement conservé la maison de Villequier. Il partage son existence entre Paris où le féroce meurtrier de Racine vit paisiblement auprès de sa sœur et de sa mère qu'il adore (1), Guernesey où l'accueille une seconde famille, la grande famille que savez, et le toit paternel de Villequier où il va de temps à autre se reposer des tempêtes de Paris et des grandes veillées de Guernesey. « Nous regardons, dit-il, comme le devoir de tout critique qui se prend au sérieux d'aller de temps en temps, naïvement et sans arrière-pensée, exposer son esprit aux conseils salutaires des choses. Quel enseignement que celui des arbres et des sources, et comme toutes les académies en savent moins long sur l'idée et sur la forme que le brin d'herbe ! »

---

(1) Un membre de la famille est absent — de l'absence éternelle. Qui ne connaît le roman lugubre de la mort de Charles Vacquerie, frère d'Auguste Vacquerie et gendre de Victor Hugo?

Il eut pour épitaphe la plus émouvante peut-être et la plus grandiose des *Contemplations* :

> Il ne sera pas dit qu'il sera mort ainsi,
> Qu'il aura, cœur profond et par l'amour saisi,
> Donné sa vie à ma colombe,
> Et qu'il l'aura suivie au lieu morne et voilé,
> Sans que la voix du père à genoux ait parlé
> A cette âme dans cette tombe.

Il est, on le voit, entre Vacquerie et Hugo, il est autre chose qu'une liaison littéraire. La mort a plus fait, pour les unir, que le romantisme.

> Et toi, son frère, sois le frère de mes fils.
> Cœur fier qui du destin relèves les défis
> Sois à côté de moi la voie inexorable.

Vacquerie fit (comme il advient quelquefois pour les hommes célèbres) des classes très fortes au collége de Rouen. Il aimait l'étude, il piocha avec cette tenacité audacieuse qui le caractérise. Flaubert, le vigoureux auteur de *Madame Bovary*, qui lui succéda au collége de Rouen à deux ans d'intervalle, raconte quelquefois en riant que les professeurs exhumaient, aux jours solennels, de leurs cartons poudreux, *ad majorem Dei gloriam* et pour la plus grande édification de leurs élèves, les thèmes et les versions de Vacquerie conservés comme des modèles inimitables. De Rouen, le futur critique vint achever ses humanités au lycée Charlemagne, où il noua avec Paul Meurice cette amitié fraternelle, si rare dans les lettres, que ni collaboration ni émulation n'a jamais pu altérer.

Son père ne songeait guère à faire de son fils un littérateur. Comme tous les pères, depuis l'invention de Monge et Carnot, il rêvait pour son enfant les splendeurs de l'École polytechnique. Vacquerie se prit corps à corps avec la mathématique, et quelque temps la travailla sérieusement, comme il avait travaillé le grec et le latin. Quelque temps, comme avant lui l'auteur de *Notre-Dame*,

On le tordit, depuis les ailes jusqu'au bec,
Sur l'affreux chevalet des X et des Y.

Entre deux théorèmes,

Ornés de tous leurs corollaires,

il écrivit une profession d'enthousiasme à Hugo. Le jeune homme (il avait trente-trois ans alors) qui avait créé en dix années d'exubérante fécondité tant de chefs-d'œuvre, de *Bug-Jargal* à *Marie Tudor*, répondit gracieusement au conscrit de lettres. Il ne tarda même point à s'établir entre les deux poètes cette liaison depuis célèbre et que l'on a si souvent et si bêtement jetée à la tête de l'auteur de *Profils et Grimaces* comme une accusation de fétichisme littéraire. Vacquerie n'y tint plus : la science lui souriait et même il s'y distinguait; mais la littérature l'appelait, il s'enfuit un beau matin des noires profondeurs de la mathématique. Il court encore. N'importe, esprit aussi élevé que hardi, il ne garda point rancune à la science. Comme certain de ma connaissance intime, il a conservé de son tête-à-tête avec elle une profonde impression d'estime et de respect. Il ne se fait point faute de reconnaître la grande part qu'elle a eue dans la culture de son talent si net et si ferme, où tout se tient d'ensemble, où les idées se déduisent et s'enchaînent avec cette logique inexorable qu'apprend la science. Nous voyons en ce nouvel exemple un signe des temps à l'appui d'une thèse que nous-même avons soutenue, l'intimité croissante de la science et de la poésie.

De l'algèbre de Sturm ou de Bezout, Vacquerie s'en fut à celle des Cinq-Codes « pour mieux faire, dit-il, de la littérature. » Mais le droit n'est pas précisément l'école des lettres, quoi qu'en pensent nos avocats sur le retour, qui s'amusent à griffonner entre deux murs mitoyens. Une année ne s'était pas écoulée, que Vacquerie lança dans les fossés de la route Cujas par-dessus Bezout. Sa mission l'appelait : plus de scrupules et plus d'entraves. La libre Bohême s'ouvrait à lui ; la plume au poing, il s'y jeta.

VI

Le voilà donc, à force de luttes, en pleine littérature. Là, comme vous savez, les obstacles poussent, les difficultés pullulent. Vacquerie est doux, mais inébranlable. Il va droit comme un sanglier. Il n'a point de haine, mais des convictions. Il n'achète point les querelles, mais il ne les tourne pas.

Il éclate dans la critique du *Vert-Vert* où collaborent Méry, Esquiros, Taxile Delord. Esquiros fonde la *France Littéraire* : on y veut châtrer le premier article de Vacquerie, il envoie la *France Littéraire* à tous les diables. Il s'essaie (1840) dans un premier volume de vers appelé *l'Enfer de l'Esprit*. Puis, sans tarder, il se tourne vers le théâtre. Une idée le préoccupe : ce n'est pas précisément celle qui agite aujourd'hui tous nos jeunes gens et les convertit dès l'origine en faiseurs, l'idée de *faire* du théâtre parce que *ça rapporte*. Vacquerie songe (et il a cent fois raison, n'en déplaise à tant de productions incolores qui ont fait en ces dernières années des réputations à leurs auteurs), il songe que la véritable comédie moderne est plutôt dans le vaudeville à outrance que dans le vaudeville sans couplets appelé comédie par le Théâtre-Français. Or, le public, cette masse informe, admet parfaitement le vaudeville, car Scribe est devenu millionnaire, mais point le vaudeville *écrit* ou littéraire, car *Tragaldabas* aura treize représentations. Pour préparer doucement le public à ces choses étranges et monstrueuses qu'il rêve, Vacquerie en appelle à une autorité établie par deux cent cinquante ans d'existence : Shakespeare. Il traduit, en collaboration avec Paul Meurice, quelques parties de *Henri IV* ; il en isole *Falstaff*, et *Falstaff*, précédé d'un charmant prologue en vers de Théophile Gautier, réussit à l'Odéon, (1842). Les deux amis prennent ensuite « les forfanteries de *Paroles* où ils laissent les mélancolies de Héro, les étincelantes divagations de Bénédict ; et, dit Boyer, les plus austères gardiens de l'arche sainte, les Hazylitt ou les Coleridge n'auraient pas condamné ces études si exactes de ton, si vivantes d'ensemble, malgré la dérogation aux visées gigantesques du modèle. » Autre préjugé, autre attaque. Il est et il sera longtemps encore, pour la grand'honte de l'intelligence humaine, des gens qui regardent la tragédie française comme fille de la tragédie grecque, et ne savent pas que les Grecs, qui ont beaucoup de rapports avec Shakespeare et Hugo, n'en ont absolument aucun avec Racine. Pour l'instruction de ces gens-là, Vacquerie et Meurice traduisent *Antigone* « où nous crûmes, s'écrie l'auteur de *Sapho*, entendre résonner, avec la musique des iambes de Sophocle, les eaux murmurantes de Dircé, la source aux flots d'or. » *Antigone* est le succès énorme de l'Odéon, le gros événement de la direction Lireux (1).

Le nom et les idées de Vacquerie font tapage ; on lui offre respectueusement le feuilleton théâtral du *Globe*.

---

(1) *Falstaff*, *Paroles*, *Antigone* sont les trois seules œuvres que Vacquerie ait jamais faites en collaboration.

VII

Il y a quelques jours, M. Henri de Pène déclarait dans le *Nord* que l'on n'a point encore remplacé la critique de Vacquerie.

Vacquerie, tout d'abord, aime le théâtre. Lisez plutôt le premier chapitre de *Profils et Grimaces*. Le théâtre est sa passion, son rêve, sa conviction, son atelier, son palais, son élément, son asile, son champ de bataille et sa vie. Les critiques vulgaires haïssent le théâtre comme les gamins le collége, comme le manœuvre déteste le chantier où il va chaque jour accomplir la besogne abrutissante du gagne-pain quotidien. Nous nous étonnons vraiment de voir les gens à qui chaque nouveau journal confie la rédaction de la chronique théâtrale. La politique est une chose importante, soit; mais il ne faudrait point pour cela regarder le reste comme la parade obligée du journal, et jeter les feuilletons de critique littéraire ou théâtrale au premier venu, parce qu'il a son nom fait dans un tout autre genre, ou simplement le nom de son protecteur.

Donc Vacquerie aime le théâtre.

Or, vous savez, aimer c'est comprendre.

Toute la critique de Vacquerie obéit à une seule et même volonté omni-présente; elle se ramifie à une ligne droite énergiquement suivie. Tout entière, elle découle d'un principe partout évident : la fusion intime et naturelle de l'idéal et du réel. Vacquerie est le prophète de l'idée-action, de l'âme revêtue de son corps, de l'esprit tiré de la matière, du panthéisme dans l'art.

Les forts élèves de rhétorique, les cockneys de lettres, lui ont sans cesse reproché sa haine sauvage contre Racine.

On ne hait pas Racine.

Ce que l'on hait, c'est le théâtre spiritualiste, éclopé, amputé, fictif, la chimère chauve qui bombyne dans le vide affublée d'une perruque, cette poésie classique « qui n'est pas de la poésie, dit Jouffroy, puisqu'elle n'est que la pseudo-imitation d'une poésie qui n'est plus. » Et puisque les traînards ont pris Racine pour drapeau, tant pis pour Racine. On ne démolit pas une boutique sans endommager quelque peu l'enseigne.

Cette solidarité de l'idéal et du réel, qui est la société même, Vacquerie la veut transporter dans l'art. Et son théâtre est la démonstration vivante de sa critique, comme *Profils et Grimaces* en est l'explication nette, verveuse et passionnée.

Le lourd et verbeux Gustave Planche trône à la *Revue des Deux-Mondes*. « Vous ne savez donc pas, malheureux, bégaie-t-il solennellement comme Bridoison, qu'il y a un abîme incommensurable entre le style et la pensée ? Vous avez la forme, donc vous n'avez pas le fond... Évitez les décors dans votre pièce et les images dans votre style... »

Gustave pérore, Vacquerie le berne ; si bien qu'au bout de cinq mois, le *Globe* a peur de devenir trop intéressant. Les abonnés grondent, M. Prudhomme s'indigne. Vacquerie cependant est un si précieux rédacteur ; pour avoir toute indépendance, il a refusé tout paiement. N'importe, le *Globe* est en danger. La direction se résigne à un sacrifice héroïque, inédit dans les fastes du journalisme. Elle expulse ce talent économique.

« Monsieur, écrit Vacquerie à un journaliste qui cherche à déguiser l'expulsion en démission, je vous prie de croire et de dire que je n'ai pas donné ma démission, mais qu'on m'a bien flanqué à la porte... »

VIII

La *Presse* se reconstitue, s'agrandit, développe sa rédaction et son format. Un prospectus est lancé sur lequel s'épanouissent les noms de Chateaubriand, de Lamartine, de Mme Émile de Girardin, de Théophile Gautier, de Pelletan et de Vacquerie. On livre au proscrit du *Globe* les *académies*. Il débute par un article sur la réception de Saint-Marc Girardin par Victor Hugo. Décidément la liberté n'a point d'asile : on le prie de s'en tenir là.

En 1845, il publie un volume de poésies, *Demi-Teintes*, dont une partie se compose d'une refonte de l'*Enfer de l'Esprit*.

Apparaît l'*Époque*, le géant des journaux français, grand comme un journal ordinaire d'Angleterre ou d'Amérique. Pendant six mois, Vacquerie y rédige le feuilleton théâtral (1846-47). Avec quelle constante hardiesse, nul ne l'a oublié. Un beau matin, le nouveau journal est tué par Emile de Girardin.

IX

Nous voici enfin en août 1848. Le pavé rouge des journées de juin est à peine lavé, la France est consternée, Paris est morne. Les théâtres sont trop vastes, les directeurs s'arrachent leurs faux toupets, la *Marâtre* de Balzac fait trente-cinq francs de recette au Théâtre-Historique.

Eh bien! *Tragaldabas* en fera cinq cents (1).

Peu de personnes ont vu *Tragaldabas*. Aucun théâtre n'a encore osé le reprendre. La pièce, qui a paru dans l'*Événement*, n'a pas encore été réunie en volume. Mais tout le monde connaît l'histoire fabuleuse de la première représentation de cette comédie si élégante et si profonde, si shakespearienne et si complète. Le nom et les batailles de l'auteur avaient, comme aux *Funérailles de l'Honneur*, amené tous les curieux de l'art et de l'idée, ou simplement du bruit. Hugo et Balzac donnaient le signal des applaudissements. Tout le monde sait les bravos frénétiques, les sifflets en délire, la mêlée dans la salle et l'émoi sur la

(1) C'est au théâtre de la Porte-Saint-Martin que se joua *Tragaldabas*; à ce même théâtre qui représenta et persécuta *Marie Tudor*, qui représentera et persécutera les *Funérailles de l'Honneur*.

scène, Frédérick Lemaître perdant la tête et descendant de son char de bohême pour crier au public : « Citoyens et messieurs, intéressés et désintéressés, c'est le moment plus que jamais de crier vive la République! » et l'auteur, dans la coulisse, calme et heureux, et séduisant au milieu du tumulte énorme, par ses saillies contre Vacquerie, une figurante qui ne le connaissait pas.

La clef forée de *Tragaldabas* est devenue légendaire et banale comme celle du paradis. Il faut lire en un jour de mélancolie Vacquerie rendant compte lui-même d'une pièce de circonstance, les *Drames de famille*, où le drame n'était qu'un prétexte et dont le personnage principal était Vacquerie racontant la chute de *Tragaldabas*.

« Le vers fameux de Racine,

Pour qui sont ces serpents qui sifflent sur vos têtes?

a, dit-il dans son feuilleton, moins de syllabes sifflantes que n'importe quel vers de *Tragaldabas* n'eut de syllabes sifflées. »

La clef de *Tragaldabas* vient de siffler Wagner; elle en sifflera bien d'autres. La clef de *Tragaldabas* est éternelle : c'est le porte-voix de la bêtise humaine.

X

L'espace et le temps nous pressent : nous renonçons à analyser cette belle œuvre, sur laquelle M. Albert Glatigny, l'auteur des *Vignes folles*, vient de publier dans la *Revue fantaisiste* un remarquable article. A côté de M. Glatigny, Philoxène Boyer rappelle avec enthousiasme « ces cinq actes fantasques, excessifs, charmants en somme, cette comédie du caprice où se mêlent avec un étrange raffinement les bouffonneries d'un petit-neveu de Rabelais et la casuistique amoureuse d'un Marivaux ressuscité poète. »

Tragaldabas est une raillerie grandiose de la nature humaine toujours si impuissante et si incomplète en amour comme en raison, en sagesse comme en folie. Parce que cette comédie est complète, parce qu'elle réalise dans de magnifiques proportions, à la façon des comédies de Shakespeare et sans les copier aucunement, la fusion de l'idéal et du réel, du sentiment et du comique; parce qu'elle est conçue et écrite avec une verve échappée qui ne connaît ni banalités solennelles, ni fausses pudeurs, les sots sérieux qui n'aiment point à voir railler l'humanité dans leurs personnes, ont crié au trivial. Que notre pardon leur soit léger!

Au bout de treize représentations, on étrangle *Tragaldabas* et Vacquerie.

Il y a de cela treize ans. *Tragaldabas* et Vacquerie se portent bien.

XI

En août 1848, au bruit des tempêtes de *Tragaldabas*, surgit l'*Evénement,* ce journal de si haute lignée et de si militante allure, où plus d'un aujourd'hui se vante d'avoir débuté.

Durant les premiers mois, Vacquerie se renferme dans le feuilleton théâtral; puis, il s'en prend à la politique, car Vacquerie, je le répète, est l'homme de l'idée-action. « En aucun temps, dit-il, l'art n'a travaillé plus directement au labeur social. Les poètes de ce siècle se donnent à la chose publique tout entiers, vie et pensée, la main qui écrit et la bouche qui parle, le front et la tête »

L'*Evénement*, on le sait, fut une mine à procès. Le premier, suscité contre un article de Vacquerie, est gagné par Me Billaut, défenseur du journal. 2° Article de Charles Hugo contre la peine de mort; second procès fort célèbre où l'auteur du *Dernier jour d'un condamné*, plaidant pour son fils, prononce son immortelle philippique *contre la peine de mort.* Charles Hugo est condamné à six mois de prison.

3° et 4° Deux autres menus procès mènent à la Conciergerie MM. Erdan et Paradis, collaborateurs du journal.

5° Article de F. Victor-Hugo sur l'expulsion des réfugiés, cinquième procès perdu par MM. Desmarest et Crémieux. Paul Meurice, gérant, et F. Victor-Hugo sont condamnés à neuf mois de prison. Le journal, gratifié d'une amende de 6,000 fr., est supprimé. Le soir même, rendant compte du procès dans l'*Evénement,* Vacquerie termine par ces mots : A bientôt, camarades!

Le lendemain, en effet, de la suppression de l'*Evénement*, paraît un nouveau journal, l'*Avénement du Peuple*. Le premier numéro est saisi, un procès instruit. Vacquerie, rédacteur en chef, est condamné à six mois de prison et 1,0C0 fr. d'amende. Il va rejoindre les camarades. Les quatre fondateurs de l'*Evénement* coulent ensemble les loisirs de la prison.

Le 2 décembre 1851 suspend l'*Avènement du Peuple*, ce journal unique dont six rédacteurs sur six ont dormi sous les verroux.

XII

En sortant de la Conciergerie, Vacquerie dirige la vente des meubles de Hugo, puis il s'en va à Jersey attendre le poète que la France a renvoyé à la Belgique et que la Belgique renvoie à l'Angleterre. Il reste à Jersey jusqu'en novembre 1855. A ce moment, on chasse Hugo de Jersey. Le proscrit plante enfin son aire à Guernesey, et Vacquerie l'accompagne.

Les *Profils et Grimaces*, et quelques-unes des plus belles parmi les *Contemplations*, nous ont initiés à la vie laborieuse, aux belles amitiés, aux excursions, aux veillées fécondes de Guernesey. Cet îlot sera grand dans l'histoire.

« Nous vivons là, heureux, écrivait Vacquerie à son neveu ; heureux ? non ; moi, comment le serais-je sans vous trois, ma mère bien-aimée, ta chère mère et toi ? n'avons-nous pas des amis là-bas ? Paul Meurice ne manque pas de venir tous les ans ; mais combien de mois sans serrer sa main fraternelle ! — Malheureux ? non ; une tristesse qu'on veut est encore de la joie ; — heureux et malheureux, vaincus et fiers, contents de souffrir !

» Nous travaillons. Ce qu'il fait lui, le monde le sait. Toute la maison travaille. C'est incroyable la quantité d'art que produit cette maison que la politique a produite... Charles peint, puis il écrit. Victor traduit Shakespeare... Mme Victor Hugo écrit la vie de son mari. . Nous avons de douces soirées. Quand nous avons travaillé, Mlle Victor Hugo nous récompense en se mettant au piano et en nous disant quelque mélodie qu'elle vient de trouver. Musique charmante, originale, née toute seule, loin de l'Opéra, loin du Conservatoire, sortie spontanément de la nature et du cœur, fleur du rocher, lueur de l'étoile...

» J'ai une bibliothèque unique! Sais-tu ce que j'ai lu cette année? En fait de roman, les *Misérables ;* en fait de poèmes, *Dieu,* la *Fin de Satan*, les *Petites Épopées;* en drames, *Homo,* le *Théâtre en liberté,* les *Drames de l'invisible;* en lyrisme, les *Contemplations* et les *Chansons des rues et des bois;* en philosophie, un livre que vingt-cinq ans de méditation n'ont pas encore achevé, et qui s'appellera : *Essai d'explication.* J'ai pour bibliothèque les manuscrits de Victor Hugo! »

XIII

Le diable sait combien de fois amis maladroits, critiques étourdis ou adversaires hypocrites ont jeté à la tête de Vacquerie et son admiration et son amitié constantes pour Victor Hugo. Près de quelques esprits prévenus ou timorés, elles ont amoindri sa réputation littéraire. Beaucoup, sans l'étudier, ne l'ont plus considéré que comme un imitateur à outrance, un don Quichotte effaré du romantisme, un grotesque exagérant l'idée et la forme du maître. Dernièrement encore, à propos des *Funérailles de l'Honneur,* un critique charmant, un véritable écrivain, terminait un feuilleton très sympathique à l'auteur en se demandant si, « satellite convaincu de Victor Hugo, Vacquerie a jamais eu d'autre ambition que celle de confondre son rayonnement avec celui du grand poète. »

A tous ces enfantillages, Vacquerie n'a point encore eu le temps de faire attention. Ses sympathies, comme ses idées, il les poursuit sans se douter des voix confuses qui clabaudent sur son passage. Une des pensées les plus profondes de *Profils et Grimaces* est celle-ci « L'homme n'est jamais plus grand que lorsqu'il admire. » Tant pis pour ceux qui ne savent point la vertu expansive, l'impulsion immense et la domination que donne l'enthousiasme, comme il transfigure un homme et le jette loin sur la voie de l'infini. Dis-moi qui tu admires, et je te dirai ce que tu vaux. L'enthousiasme est la force vitale des intelligences supérieures. Tristes heures et bien infertiles que les heures sceptiques comme celle que nous traversons.

Personne plus que Vacquerie n'a vécu son œuvre. « Dans ses critiques sincères et tranchantes, dit Philoxène Boyer que nous nous plaisons à citer, car il est juge aussi juste qu'intelligent, il a réagi de toute l'influence d'un généreux partisan du grand et du vrai contre les mollesses, les fadeurs, les niaiseries du théâtre de marionnettes où agonisent l'imagination, la passion, le robuste bon sens de notre pays; dans sa vie, il s'est tenu au niveau de ses œuvres : il a été l'homme du dévouement et du sacrifice, le soldat des causes trahies, le consolateur du génie, le filial courtisan de l'exil. Et voilà pourquoi ceux que touchent encore le culte de la beauté morale et la recherche de l'art supérieur attendaient avec une sympathie inquiète la représentation du dernier drame de la Porte-Saint-Martin, les *Funérailles de l'Honneur*. »

Singulier imitateur, en vérité, que « ce soldat des causes trahies, ce consolateur du génie, ce filial courtisan de l'exil! » Qui donc imite-t-il? Mais où donc est son original?

Les choses d'ailleurs ne se passent guère chez les natures puissantes comme chez les hommes vulgaires. Les mêmes lois ne régissent point les sphères supérieures et la menue société. De l'intimité constante de deux créateurs, du frottement continu de deux natures *naturantes,* il ne résulte point que l'une devienne peu à peu le moule de l'autre. Toutes deux au contraire n'en accusent et n'en développent que mieux leurs individualités respectives.

Messieurs les savants, veuillez prendre la peine de comparer les œuvres. Le dernier mot des *Contemplations*, c'est l'anéantissement de l'homme devant Dieu. Dans *Profils et Grimaces*, ce livre d'une verve étrange où sont réunies les luttes et les doctrines de Vacquerie, l'homme est exalté : synthèse de la nature, il se débat contre l'infini ; quant à Dieu, il règne dans les nuages là-bas, là-bas, dans la région de l'incompréhensible.

Trouvez-nous enfin, dans le fougueux théâtre d'Hugo, une pièce dont le drame sobre et contenu des *Funérailles* soit la copie ?

Et maintenant, qu'à notre tour l'on nous accuse de fétichisme si l'on veut. A travers les hommes, nous voyons, nous acclamons les idées dont ils sont l'incarnation parlante. D'où notre enthousiasme pour Hugo, l'incarnation poétique du siècle, d'où notre sympathie sans limites pour Vacquerie, la lutte ferme et souriante, la conviction sans peur ni reproche.

XIV

Après la publication de *Profils et Grimaces*, (mai 1856), Vacquerie donne au Théâtre Français (mai 1859) *Souvent homme varie*, ce caprice si charmant, de si tendre et si gracieuse humour, cette trame si fine, si chatoyante, « ce quatuor ironique et galant entendu dans les jardins de Watteau. » *Souvent homme varie* réussit avec éclat. *Souvent homme varie*, c'est la carte de visite du poète à son retour de Guernesey, c'est son prélude aux *Funérailles ;* il prépare par la comédie légère le public au drame sombre. Dame ! le public est malade, et puis le nom qui signa *Tragaldabas* éveille de si dangereux échos !

XV

Vous savez le reste.

Le 30 mars 1861, on joue pour la première fois à la Porte-

Saint-Martin, devant un public avide et lettré, les *Funérailles de l'Honneur*.

De chaleureux applaudissements accueillent le beau drame. Le souvenir des luttes de *Tragaldabas* semble effacé. Les sifflets sont dominés : *on sait aujourd'hui d'où ils partaient*. Grand succès dans la salle, grand effroi à la direction.

Le 3 avril, on annonce au *Messager des Théâtres*, et le 5 avril, sur l'affiche, la reprise de la *Tireuse de Cartes*. Le 5 au soir, protestation dans la salle. La direction hésite. Le 11, enfin, après onze représentations, la pièce disparaît de l'affiche.

Savez-vous pourquoi? Jules Janin vous l'a vertement dit aux *Débats* dans un de ses plus éloquents et plus vaillants feuilletons, « c'est parce que la vraie foule arrivait et qu'elle écoutait, oublieuse et dédaigneuse des prodiges du *Pied de Mouton*. » Théophile Gautier au *Moniteur* : « C'est qu'on n'y danse pas le cancan. » Paul de Saint-Victor à la *Presse* : « C'est que ce drame est de trop grande maison. Il est le neveu d'*Hernani* et le cousin des *Sept infants de Lara*. » Grâces leur soient rendues ! ils ont bien pensé, loyalement agi, et nous n'attendions pas moins d'eux. Bien d'autres encore vous l'ont dit, vous le redisent et vous le rediront ailleurs. « Cette chute retentissante vaut mieux que tant de couardes victoires. »

Savez-vous pourquoi? C'est que ce n'est point à nous que l'on en contera. Nous n'avons pas manqué une seule représentation. Nous avons tout observé, tout vu, l'affluence dans la salle, l'attention soutenue, l'émotion croissante sur les visages à chaque péripétie nouvelle de cette action si grandement menée, nous avons tout compté, les applaudissements nombreux, les rappels, les ovations, les rares hostilités peureuses. Nous avons tout noté, tout entendu, jusqu'aux chuchotements. Nous avions l'œil et l'oreille partout et nous n'étions pas seuls.

La jeunesse veille.

XVI

Non, ce n'est pas le public qui a sifflé aux *Funérailles de l'Honneur*.....

Tragaldabas, à la fin du dernier acte, se demandant si la parfaite ignorance de la brute n'est point préférable à cette demi-intelligence de l'homme, toujours insuffisante pour le bien et contre le mal, accepte avec modestie l'emploi d'âne savant dans une troupe de saltimbanques.

..... J'accepte l'emploi dont vous me jugez digne.
Je n'aborderai pas un métier si subtil
Sans quelque émotion ; car quel homme, fût-il
Sage, plein de bon sens, discret, sobre, économe,
Fera l'âne aussi bien que les ânes font l'homme ?
Les ânes sont très-grands. Combien de gens voit-on
Boire du vin, marcher sur deux pieds sans bâton,
Plaider, se battre en duel à propos de vétilles,
Siffler les vers, mentir, voler, vendre leurs filles,
Mener enfin un train d'hommes civilisés,
Qui sont évidemment des ânes déguisés !
Notaires, détrousseurs, ministres, courtisanes,
Faiseurs de tragédie ou d'opium, des ânes !
Qui porterait leur bât comme eux notre chapeau ?
Je ferai de mon mieux du moins, et que la peau
Où j'entre avec respect inspire un dos profane !

ÉCARLATA.

Partons.

TRAGALDABAS.

Sonnez, clairons, ainsi que pour un âne !

A ces mots : *siffler les vers,* à ce trait ménagé par l'auteur, toute la salle applaudit à mort, et Champfleury, dit-on, debout sur sa stalle, s'écria en montrant du doigt un siffleur enragé : Voilà l'âne !

Et nous aussi, en cette dernière occurrence, nous vous crierions bien en le montrant du doigt : Voilà l'âne !

Non. ce n'est pas le public qui a sifflé aux *Funérailles de l'Honneur*..... Le public a presque grandi dans notre estime. Il se dégelait peu à peu. Il se remettait du *Pied de Mouton*, et la sublime idée du dernier acte le saisissait. La direction, voyez-vous, ne s'attendait qu'à un succès d'estime qui l'aurait menée au 1er mai, jour fixé dans la sagesse de ses desseins pour la reprise de la *Tour de Nesle*. Et voilà qu'au lieu d'un succès d'estime, chauffe un grand succès ! Et voilà que les journaux vont parler ! Voilà que le *Pied de Mouton* devient une honte sans récidive possible ; voilà l'été entamé, les *Pilules du Diable* condamnées d'avance ; voilà que l'on ne pourra plus dire à la littérature : Tu es une rêveuse et le public ne veut pas de toi, passe ton chemin !

Misère et corde ! comme dit Thomas Vireloque.

Et voilà pourquoi nous avons vu romains et musiciens siffler en chœur.

Et voilà pourquoi nous remercions et félicitons l'auteur de la *Tireuse de cartes*, M. Séjour, d'avoir à temps retiré sa pièce du théâtre et son honneur du guêpier.

XVII

Nous est-il besoin à nous qui, pas un instant, n'avons perdu confiance, d'ajouter combien toutes ces intrigues surprises en flagrant délit, vues au microscope, nous ont paru éphémères et impuissantes ?

Contre le beau, suffit-il d'une bande de voyous maigrement payés ? Qu'est-ce que cela fait, un petit tripotage d'arrière-boutique contre la vérité ?

Ce que cela fait, le voici :

M. de la Rounat, qui n'exploite pas, mais qui dirige l'Odéon, a, de lui-même et sans attendre les conseils de la presse, demandé à M. Vacquerie, pour la saison prochaine, les *Funérailles de l'Honneur*.

Toute la littérature remercie l'intelligent directeur du *second* Théâtre-Français.

Dès aujourd'hui, un grand résultat est acquis. Le théâtre, c'est-à-dire la littérature, a quitté le bas-fonds de filles et de boursiers où depuis si longtemps il pataugeait. Huit jours durant, nous avons vécu, palpité, dans cette vieille et si belle et si terrible Espagne, aux fiers accents de ce parangon d'honneur, au souffle enivrant de ces grandes luttes et de ces grandes passions, au spectacle de ces grandioses funérailles.

L'avenir, notre avenir à nous, est ouvert, nous ne le laisserons point refermer.

MARIO PROTH.

PARIS. — Imp. SERRIERE et Ce, 123, rue Montmartre.
FONDERIE. — CLICHERIE. — GALVANOPLASTIE.

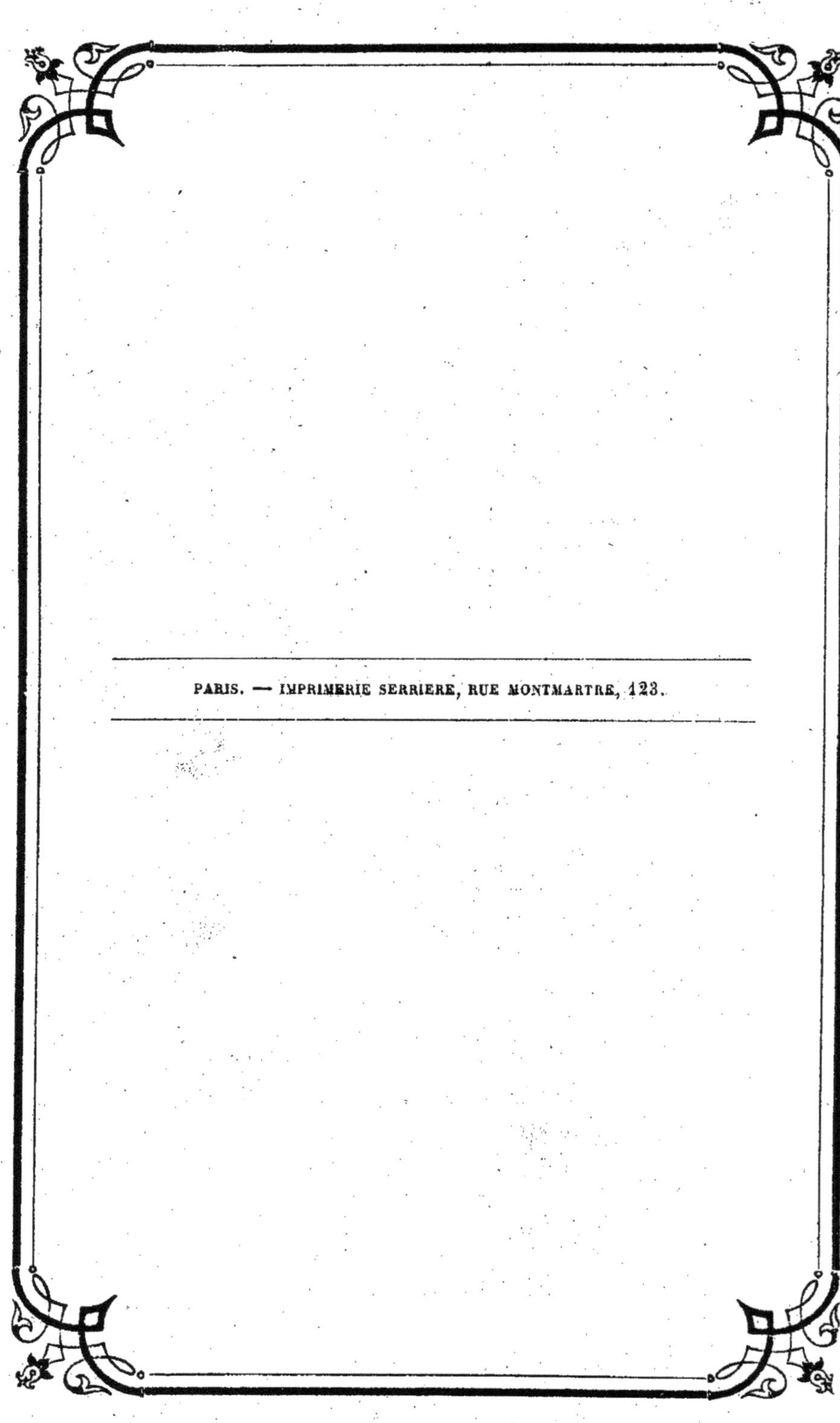

PARIS. — IMPRIMERIE SERRIERE, RUE MONTMARTRE, 123.

www.ingramcontent.com/pod-product-compliance
Ingram Content Group UK Ltd.
Pitfield, Milton Keynes, MK11 3LW, UK
UKHW021159230726
13926UKWH00001B/202

9 782014 080032